늦은 오후에 부는 바람

늦은 오후에 부는 바람

〈젊은시〉 동인 제8집

삶이 보이는 창

다시 시작을 위하여

　1990년 2월. 죽는 그 날까지 젊은 시를 쓰자고 두 손 꼭 잡고 그야말로 입을 앙다물고 만나서 동인 모임을 이어온 지 벌써 12년이 지났다. 그동안 월간 문집도 만들었고 거리에 나가서 시화전을 펼치기도 했으며 동인지도 일곱 권이나 세상에 내보냈다. 스스로 생각하건대 어려웠지만 대견한 날들이었다.

　그러나 돌이켜보건대 〈젊은시〉여. 그대 삶에 충실하였는가. 뒤돌아보건대 그대 젊은 시 쓰기에 치열하였는가. 아니다. 가슴 아프고 눈빛 시려오지만 아닌 것은 결코 아닌 것이다. 10년이 넘는 세월 동안 세상 변한 것 그 무엇이고 그대 이룬 것은 또 무엇인가. 갈수록 빨라지는 자본의 바퀴 아래 부자는 배 더 나오고 가난한 사람은 더욱더 허덕이는 세상. 해맑은 눈동자의 어린 여학생들이 미군의 군홧발에 깔려 죽어도 그저 바라보고만 있는 세상. 좋아지고 있다지만 여전히 허리 옭아맨 채 버티고 서 있는 철조망 하나 쉽게 걷어내지 못하는 세상에서 우리는 그 무엇을 좇았고 그 무엇을 향하였던가. 솔직히 인정하자. 그저 먹고 살기 바빴다고. 내 한 목숨 이어가기 위해 참으로 소중한 많은 것을 외면하였다고.

그래도 우리는 동인지를 또 낸다. 1999년에 이어 3년만이다. 이렇게 라도 하지 않으면 우리 삶이 더 나태해지고 더 부끄러울 것 같아서이다. 부족하다는 것을 훤히 알고 있으면서도 물을 길어내야 더 새로운 물이 샘을 채운다고 믿기 때문이다. 또 하나의 동인지를 엮으며 우리는 다시 치열해지기로 한다. 삶에 충실하고 그 삶을 바탕으로 한 시 쓰기에 더욱 힘을 쏟기로 한다. 크고 높은 것까지는 아니어도 최소한 따뜻한 가슴으로 모든 너를 만나고 하늘 아래 당당하게 서 있고자 한다.

〈젊은시〉여. 다시 또 시작이다.

2002년 겨울

〈젊은시〉 동인

차례

【김영석】

【김광선】

윤임수

충남 부여 출생. 1998년 〈실천문학〉 신인상 당선.
민족문학작가회의 회원. 현재 철도청 고속철도본부에 근무한다.

물방울과 같이

사람들이 쉽게 생각하기를
넓은 잎새 위를 또르륵 굴러
수직으로 승천함이 얼마나 고귀한 것이냐
한 생 가득 담은 눈빛을 선뜻 버리고
저토록 투명하게
참말로 아무렇지도 않게
한바탕 몸을 날려 떠날 수 있음이
또 얼마나 가슴 시린 뜨거움이냐
하지만,

저 작은 물방울도 끝에 와서는
어찌 잠시의 망설임 없었겠느냐
어쩌면 손을 놓지 않기 위해
끝내 발버둥이쳤을 지도 모르고
움츠려 몸을 말아들인 채
부들부들 떨었을지도 모르는 것
그러니 또 다른 물방울로 한세상 흘러내리는
내 어찌 안쓰러운 눈빛 하나
가득 담아주지 못하겠느냐

복사꽃 그늘에 앉아서

복사꽃 그늘에 앉아서
내가 즐거운 것은
그늘진 한 세상이 갑자기
환해지는 것은
오래된 나무가
맑은 꽃을 피우고 있기 때문이네
오래되어 단단한 나무가
정성껏 온 힘을 끌어올려
내 눈길 으스러지도록
더 밝은 꽃잎을 피워내고 있기 때문이네
그러고도 아무렇게나 살살거리며
허리를 비틀어대지 않기 때문이네

맑은 강물

졸음에 겨운 한낮 얼음치의
하얀 뱃구레를 살살 간질이다가
혼자된 늙은 사공이 나룻배를 띄우면
얼른 길을 열어주는 강물을 본다
강굽이 따라 간혹 흔들리고
물갈래마다 풀풀 아쉬움을 풀어놓기도 하지만
모래톱에 사근사근하고
모난 돌 머리도 가만 쓰다듬어주는
참으로 여리고 착한
저 강물 바라보다가
건너편 돌비알 아래 길게
그 강물에 일찌감치 발 담그고
날 새는 줄 모르는 달빛 따라
나도 쉽게 떠나지는 못할 것 같다.

절골

열 세 집이 형편없이 무너지고
남은 것은 한 집
거기 남은 두 사람
빛바랜 이엉에 얹혀 사는
허연 내외에게
적적해서 어찌 사느냐 물으니
내외는 빙긋 눈이나 맞추고 있는데
망초꽃 올망졸망 고개를 들고
밤꽃 향기 한 번 더 흐드러지네
멀리서 뻐꾹새 낮은 소리
꾸욱꾸욱 밀려오네

탑리 오층석탑

땅과 하늘을 받들어 서 있는
탑리 오층석탑에 가서
낮잠 한번 자고 싶다
명자나무 붉은 꽃이
따순 햇살에 환하고
탑리여중 순진한 소녀들이
단발머리를 자꾸 매만지며
철없이 깔깔거리고 있을 때면 좋겠다
우보 어디쯤 지나고 있을
발걸음 느린 화물열차가
곤한 숨소리를 연방
내 핏줄기 속으로 들이밀어도 좋겠다
모든 것 내려놓고
한숨 늘어지게 자다가
그 옛날 석공의 우직한 망치가
정수리를 내리쳐 그만
푸른 멍 하나 받고 깨어났으면 좋겠다
살아있는 동안
끝내 지우지 않을 그 멍으로
세상 깊숙이 들어가서
오래오래 서 있고 싶다

내변산 봉래곡

내변산 봉래곡은 피안으로 가는 문

판판하게 내려앉는 봄 햇살 아래
겨우내 야윈 관음봉이 또 비워내는
직소폭포 여린 물줄기가 바로 내려와 눕고

세상사 훌훌 떨쳐버리고
월명암에서 내쳐 달려온 나도
햇살 한켠에 몸을 내린다

너 여기 맑게 있어라
마음 한 조각 툭 떼어놓는다.

행촌 1길

출퇴근길에 지나가게 되는
호남선 철길 옆 행촌 1길
다닥다닥 낮은 기왓장 아래
오래 묵은 파지더미가 끙끙 가라앉고
가만 걸어도 구둣발 소리 쿵쿵 울려
낮에도 사람 없이 어둡겠거니 생각했는데
밤늦게 어깨 늘이고 터벅터벅 걷다 보니
까만 대문 위에서 백열등 하나 빛나고 있다
그 집 주인 양반 누구인지 몰라도
취객들 밤길 잘 지나가시라고
객등 하나 활짝 피워놓은 것이다.

나는 잠시 눈을 비비고
대문 옆 스티로폼 상자 흙더미를 보듬어
파꽃 한 송이 하얗게 피워 올렸다.

황태

매운 바람에 눈알 내놓고
느낌 없을 때까지 시큰거려봐야
맨 가슴에 거친 눈발을 받아
뼈 속 깊이 얼어붙어봐야
얼어붙었던 몸 흐물흐물
무거운 진물로 흘러내려봐야
알리라
웃음 환한 부드러움도
한 세상 받들어 모시는 깊은 속도
그렇게 그렇게 천천히 여물어 가는 것을

폐교

쓸쓸함은 이런 것이라고

썩은 판자때기 부서져 내린 교실 바닥처럼
그 구멍에 아무렇게나 처박힌 국정교과서처럼
졸업생 백 삼십 일 명을 교적비에나 남기고
모두 떠나간 뒷모습 뒤숭숭한
이런 것이 쓸쓸한 것이라고

그러니 여기 앉아 쓸쓸히
바닷물 적시는 노을이나 보다 가라고
쓸쓸함에나 실컷 젖어 가라고
가서 쓸데없이 쓸쓸해 하지 말라고

깨진 유리창이나 펄럭 펄럭거리고 있는
하소국민학교 소매물도분교

그 깊은 쓸쓸함이란,

아버지의 무덤

빈농의 자식이었고
역시 빈농이었던

가난해서 더 비워졌고
비워져서 더욱 가난했던

그리하여 골·골·골
자신마저 끝내 비워버린

한 사내가 여기 누워 있다
천지가 빈터인,

숙모 돌아오시다

그만그만한 어깨 서로 기대고 사는 서해안 작은 마을에서 서해안 노을처럼 은은하게 느릿느릿하게 낡은 세월 보듬던 숙모 돌아오셨네 서방님 먼저 보내고 우툴두툴 엮어온 새끼줄 같은 날들 툭 끊고 돌아오셨네 나 이제 가겠다 온 얼굴에 잔잔한 웃음꽃 피워 불혹의 목사 아들 앞에 슬픈 향기로 남기시고 광명시와 개봉동과 태안을 거치는 동안 한 번도 놓지 않았을 삼십육년 전 서방님 고운 손길을 따라 돌아오셨네 어허둥둥 꽃상여가 아니어도 좋구나 검은 관속에 가만 누워 밭고랑 타고 올라가시네 숙부의 작은 집을 반쯤 허물고 아들아 네 애비가 너무 오래 기다리셨다 숙모 사뿐히 들어가시네 이제 평화 있으리 나란히 누운 평안함으로 소나무 가지들 길게 늘어지리 온종일 바라보아도 저 황톳빛 금강 하구 잔잔하리 이제 너희들 서로를 위해 기도하고 그만 문 닫아라 사람들 어깨 위에 올라선 한 줄기 소낙비 들썩들썩 내 눈 속으로 파고드네.

보통인부 당신

버석거리는 얼굴에 울뚝불뚝 달라붙는
영하 이십 도의 찬바람도 견딜 수 있고
늘 시큰거리는 발목부터 얼려대는
반질반질 두꺼운 얼음판도 겁날 것 없지만
매양 마른침에 벌써부터 신물난 목구멍이며
시도 때도 없이 꼬르륵거리는 뱃구레가 무서워
어서어서 봄이 와야 한다고
그래야 또 철둑에 올라가 땅을 파든지
한 나절 이삿짐을 나르든지
아무튼 돈 나올 구멍을 만들 수 있으니
정말이지 어서 꽃 피는 봄이 와야 한다고
역전시장 모퉁이 막걸리잔을 뒤적거리며
신음 같은 목소리나 흘려보내고 있는
당신의 이름은 보통인부
별볼일 없이 그저 그렇고 그래서
정부 노임단가 삼만 오천 원짜리로나 불리는
이 땅에 숱하게 많은 사람들 중 하나
그저 그렇고 그런 당신은 보통인부.

밤 기차

밤 기차는
밖을 보여주지 않는다
늘 밖으로 향하는 생각을 따라
눈가에 손을 모으고
차창 가까이 다가가면
멀리 흐린 불빛이나 흘려
덩달아 눈빛 깜빡깜빡 흘러갈 뿐
밤 기차는
어두운 바깥을 보여주지 않는다
아무 것도 보이지 않는 바깥 위에
덜컹덜컹 올라앉은 것들은
풀죽어 잠 속에 빠졌거나
모로 젖혀져 헉헉거리는 고개들이다
차창 속에 들어가 뿌옇게 늘어진
그 모습들이 언뜻 편안해 보이기도 하지만
그 때 차창에 부딪치는 내 눈빛이
제일 어둡다. 고단한 사방에
딱히 눈 둘 곳이 없는 것이다.

목어(木魚)

질척거림 속으로
다시 돌아오게 되는
그 모든 길을 끊고 싶은 몸이
여기 있다
헛바닥 굴림만 요란한 살집을 버리고
제대로 된 눈빛이라도 하나
갖고 싶은 몸이
여기 매달려 있다
매달려 말라가고 있지만
푸른 마음 접으며
따스한 흔적 지우며
하염없이 말라가고 있지만
그리하여 상하지 않고
그러므로 오래오래 더욱 단단할
한 눈이 여기 깊게 떠 있다
한 몸이 여기 크게 떠 있다.

얼음꽃

웅크려 떠돌던 쓸쓸함이
이 산정에 모여 눈물꽃 피웠구나
차가운 세월에 한껏 떠밀려온 슬픔이
이렇게 모여 겨울꽃 피웠구나
이 능선부터 저 골짜기까지
함부로 쓸어대는 구름안개 속에서
서로서로 맨살 부비며
차곡차곡 살아올라
더 단단하구나
더 투명하구나
거친 바람도 까짓 것
훌훌 떨쳐내는구나.

오래된 액자

천칭저울을 들고 과일을 파는 아낙네와
지게에 쌓인 장작더미로 잠깐 휘청거린 노인과
등짐을 가득 지고 무릎을 짚고 작대기를 짚고
시선을 낮게 깔고 있는 사내와
서둘러 빵을 나르고 있는 소녀와
외발수레를 밀며 헉헉거리며
술통을 배달하는 청년과
항아리를 이고 주위를 힐끗거리는
주름 투성이의 할머니와
조심스럽게 고기를 썰고 있는 아가씨와
짐 가득한 나귀의 등짝을 살짝 때려보는
좀 야윈 듯한 중년 남자와
팔다 남은 신문 자락을 펄럭이며
터벅터벅 걸어오는 저 사내아이와
진종일 걸어와 어깨 무거워진 내가
오래된 액자 속에 함께 들어있다
가만가만 햇솜 같은 어둠이 내려오고 있다.

하이델베르그 옛성에 올라

온전하다는 것은 바로 이런 것이지
무지한 폭격에 살점 뜯기고도
그 떨어진 살점을 발 아래 두고
내내 가슴 아파도
그 아픔 꼭 끌어안고
끝내 살아있는
바로 이런 것이 온전함이지
세월 지나도 아름답고
오래되어도 결코 낡아지지 않는,

김영석

서울 출생. 민족문학작가회의 대전 충남 지회 회원.

火葬

겨울 바람이 불기 시작하여
마른 나뭇가지는 새 순을 품기 시작하였다.

그 겨울 비

온전히 비는
그 겨울 밤바다에 빠지고 있었다

비는 또 남겨 놓고 온
하늘 그 어느 산자락 아래
신음 참으며 소리 죽여 울고 있었다
밤새 취하여 마신 술
금간 머리 사이로 피어나는 담배연기
꽁초만 뒹구는 모랫벌에
폐선이 술 취해 담배 물고
가슴 적시는 밤 안개에 젖어
그 겨울 갯벌에 빠지고 있었다
온전히 작은 빛이 되지 못해
귀한 울림의 종소리 되지 못해
가슴 미어지는 노래 부르지 못해
새벽이 희부여지도록 바다에 빠지는 소리
가장 가까이에서 듣기 위해
알몸으로 헤엄친다
시퍼렇게 멍든 파도 푸른 입김 토해내고
비는 비로소 나비가 된다.

담채색 유화

7호 유화 한 폭 그립니다
당신의 가슴 한 켠에
지워도 지워지지 않는
세월 갈수록 빛깔 고와지는
작은 그림을 그립니다

당신의 가슴에
유화 한 폭 새깁니다
뭉툭한 붓으로
날 무딘 나이프로
너무 가까우면 알아보기 힘든
뚝뚝 묻어나기만 하는
너무 멀면 맛이 느껴지지 않는
몇 걸음 떨어져야 비로소 보이는

당신이 운명이라면
운명의 화폭에 사랑을 덧칠합니다
변색되지 않는 약속의 선으로
뭉그러지지 않는 그리움의 구도로
은은히 드러내는 색채로
담담한 담채색의 그림을 그립니다

당신이 곁에 있어
당신이 그립습니다
너무 가깝지도 너무 멀지도 않아 그립습니다
담채색으로 만날 때 머언 먼 이별의 뒤를
여백으로 그립습니다
내 하나의 당신을…

내 죽으면

비 오면 비가 오면
하늘 땅 사이 비 오면
새들은 어디에서 깃 틀까
새 울음소리 들리면
나뭇잎들 푸릉푸릉 몸을 턴다
푸른 산 말 없어도
새 품을 자리 비어 있어
새들은 자유로웠다.

내 죽으면 비가 될까
새 될까.

첫 사랑

그대 내 속으로 들어와
마음의 문을 조용히 두드립니다
이제 열리지 않습니다.

남한강변

울툭불툭 솟은 나무뿌리처럼
시커먼 돌들이 강바닥에서 뒹굴고 있다
새벽 강에서는 연신 실안개가 피어오르고
여름 장마면 씻겨 내려가거나
푸욱 잠기는 바위틈에 뿌리내린
경이로운 반아름의 버드나무
가는 햇살에 푸른 수액 머금고 있는데
남한강변 어김없이 호박 같은 물줄기
뭉실뭉실 흐르고 있다.
밤새 잠 못 들어 아픈 머리
눈 비비고 맞은 새벽 강은
어제처럼 또 그제처럼 그대로인데
강변도로를 타고 가는 안개등 켠 차들만
빠르게 스쳐간다 점점이 경적 소리에
놀란 청둥오리 깃을 치며 날아 오르고
시커먼 돌 사이 뿌리내린 나무 흔들리면
건너편 기슭의 붉은 가로등불
어슴푸레 다가오는데 어느새 내 그리움의 물줄기
가만가만 그대에게 흘러간다. 이제껏
향일하는 마음 전부 잊은 것처럼 강물은 흐르는데
나 없어도 강물은 흐르고 보이지 않아도

그대에게 흐르는 물줄기 그대로인데
강변은 피어오르는 물안개로 보이지 않는다
이 새벽 그대에게 있어 나는 어떤 보이지 않는
모습일까. 들리지 않는 소리일까.
그대는 흐르는 강물 속으로
또 흘러가는 강물 느끼고 있을까 들리지 않아도
들을 수 있을까
시커먼 돌들 사이로
남한강은 소리 없이 꿈틀거리는데
안개 사이로 남한강은 보이지 않는데….

늦은 오후에 부는 바람

자각자각 이른 비 내리고 난
늦은 오후에
바람이 숨어버렸다
역 앞으로 흐르는 강물 위로 덜 풀린
얼음 조각들 두엇 기슭에서 몸 녹이고
역 뒤 산머리 안개구름 아래로 아래로
화사처럼 기어와 홈등을 덮고 있다.
열차와 사람들이 떠난 텅 빈 플랫폼 구석에
숨어 있던 바람
그대가 되어 가슴 흔들면
조용히 고개 들어 흐린 하늘 바라본다
이즘녁 아주 가끔 잊고 살았던 그대
다시 그대는
묵호행 화물열차 뒤에 달려가는 바람이 된다

굴참나무가지에 봄이 찾아오고
잎 피고 잎 지고 삼탄역 좁은 하늘에서
또 펴억펴억 눈이 내리고 그 사이로
화물열차 사라지며 골바람 휘잉휘잉 역명판 흔들면
그대도 골바람처럼 잠든 나를 소리 없이
깨울 것이다. 나 없어도…

삼탄역 늦은 오후에 부는
물기 실은 바람처럼,

무인도

사람이 보고 싶다
사람 사는 곳에서 사람들과 뒤섞이고 싶다
누구는 지하철 앞에만 서면
사람들은 찾을 수 없고 쥐 떼만 와글거린다지
사람의 마을에 들어가
탁배기 부어 탁주 마시며
어깨춤 둥실 육담도 나누고
단 한 사람
단 한 사람만 나를 알아준다면
사람이 싫다
저 만큼의 거리에서 내려다보고
치어다보고
바다에 서면
새는 없고 푸득푸득 사람만 있다지
사람의 마을을 떠나
섬이 되고 싶다

결코 하나일 수 없는
떨어질 수 없는 섬.

下官

해 뜨고 다시 해 지면
드륵 드르륵
문 닫히며
흐르는 시간 땅 속에 담는다

이제 가면 언제 오나
훠이 훠이 훠어이
살모사 같은 밤그림자
서럽게 다가오면
오늘 하루 여전히 무사했노라
쓸데없이 무사했노라
자위하다 땅 속으로 나를 버린다
속살 헤집어 땅 위에
뿌려 버릴 수 있다면
아픈 눈 뽑아 던지고
하루의 무사함도 뭉텅 베어낸다
이제 가면 아주 가라
훠이 훠이 훠어이
해 뜨고 해 지면
땅 속에 담아 두는 살모사 같은 나.

길에서

아! 무서워라
부조리가 무섭고 불합리가 무섭고
내 근원적인 삶의 모순이 무서워라
어둠이 무섭고 장마 중의 이 끈끈함
후덥지근이 무섭고 사람이 무섭고
불신과 무지가 무섭고 끝이 보이는
자유가 무섭다
사랑이 즐겁다
내 아내와 내 아이들이 즐겁다
끝없는 구속이 즐겁다
구속 속에 숨어 있는 황폐해진 자유가
진정 즐겁고
머리가 지끈지끈 어지럼증마저도 즐거워라
죽음 속에 숨어 있어 음흉한 미소를 짓는
삶의 그 끝이 있어 즐거워라

바다로 가야하리
산으로 들으리
들로 누으리

피골이 각혈처럼 목울대와

눈꺼풀과 손마디를 모두 적셔놓는다
이 길의 끝은 어디에서 시작되고
이 길의 끝은 어디에서 끝이 날까.

겨울, 바다에 서면

떠나기로 한다
비 그쳐 안개 피어오르고 해 뜨면
밤과 겨울과 바다에게
작별을 고하고
툴툴거리는 버스에 기대어
스쳐 가는 늦단풍에게
악수를 청한다
다시 올 거라 약속할 수 없기에
날이 밝는 대로
멀게만 느껴지는 바다를 등지고
깨어나는 하늘에게도 눈길을 보낸다
하늘과 바다 사이 푸른 노을 물들 때면
섬들은 속옷을 벗어 던지고
밤새 부서지던 파도 그
하얀 목숨도 잦아든다.

등대

섬과 섬 사이   〈
비썩 마른 몸으로   =   기다림은
흔들린다

한란

는개 뽀얗게 내리던 날
그림자 하나
동숭로 거리에 서면
혜화동은 어둠에 스미고
는개는 여백이 되는데
플라타너스 빈 하늘 한 조각
받치고 있다
하늘 가득
당신 얼굴 그려 넣으면
차디찬 향기 퍼지고
돌 틈 사이 한란이 보인다
는개 흐린 날
홀로 혜화 거리에서
당신 향기를 만난다

가난한 세월

떠나야 할 때
피하지 않으리라
그 자리에 비틀린 몸짓
그것마저 버겁다면 그저
잊었노라 말하리라
애써 참으며 이별을 꾸미지 않으며
담담한 척 웃으리라
만남은 애초에 약속되지 않는 것
만날 수도 못 만날 수도 반반씩
말로써 꾸미지 않고 담아두리니
깨진 몸짓, 애 곯은 속내
감추고 감추어 만난 적조차 없는 척
잊으리라 죽어도 잊으리라.

그리움

너무 자라버려
거둘 수 없고 숨길 수도 없으니
놔둘 수밖에

19세기 사랑법

보기 좋아요
손깍지 끼고 걷는 모습은,
따스한 포옹도 좋지만
입맞춤도 좋지만
눈길은 어디에 두어야 하나요
밤 새워 편지 쓰는 모습
상상만 해도 좋아요
그에게서 편지 오면
읽고 읽고 또 읽고,
매일 매일 오기를 기다려도
그를 만날 때면 생각했던
많은 말들은 전부 어디로 숨었는지
숨막히고 두근두근하면서도
까만 그의 눈
바루 쳐다보지 못해요.
다음에 만나자고
하며 뒤돌아 설 때
손 흔들어 주면서도
헤어짐은 언제나 힘들어요
몇 밤 지나야 같이할 수 있나요
그냥 옆에 있어 좋은 사람

그의 말 한 마디
눈짓 하나에도
아득할 때 있어 내 모든 것 다 주어도
주고 주고 또 주고
싶은 사람.
곁에 있을 때보다
없을 때 더 보고 싶고 소중한 그를 위해
무얼 할 수 있을까요

꿈 속에서 그를 만나면
영 깨기 싫어요.

별

밤이 속눈썹에 젖는데
너 하나 있어
속울음 삭이고
안타까움도 내 것이야

어느 때고 마침내
하나일 우리
다시, 다시는 떨어지면 안 돼
아프디 아픈 계절
빛으로만 환하게 채워질
우리들은 꺼지는 순간에도
우리여야 해

모진 이름
저승새는 죽을 때야 아름다운 노래
꼭 한 번 부른다는데
닥 종이 같은 이름
우리도 죽어서야 완성될까
가슴 한가운데 불씨 파서
하늘로 던지면
네 창가에 하나 뿐인 별 뜰 거야

김광선

전남 고흥 출생. 민족문학작가회의 대전 충남 지회 회원.
시집 『겨울 삽화』(갈무리. 2000년) 펴냄.
현재 대전에서 식당을 운영 중이다.

북어의 꿈

뜨거운 창자
어디쯤에서 버려졌을까
한 고비 쓴 고비 수분이 바래
각질의 야윈 잔등패기
미지근한 물이라도, 불려지면
튼튼한 힘줄 살아날까

대리석보다도 차갑게 지킨 세월
아가미 깊숙이
화살로 박힌 꿰미가 욕되어
구역질할 때마다 일탈하던 뼈마디
경직된 몸으로는 누구에게도 다가갈 수 없다고
푸른 지느러미 다소곳 접었었네

어디쯤에서 버려졌을까
찬 물굽이 거스르던 삶의 흔적들
도시 어디에서도 내장을 채울 수 없고
끝없는 갈증에 물을 마셔도
근육이여 세포여 체온이여
끓어오르지 않는 나의 바다여

파라핀 냄새 등천하네 마른기침
추운 날 골목길로 휘도는 바람
미이라는 녹지도 얼지도 않아
먼지처럼 걸린 잿빛 하늘에도 눈시울 붉어지는데
뉘라서, 한 때 심연의 바다
뭍에서 굳은 화석이라 믿을까

끝까지 퍼덕거려 보리라
물에 불려져 굳어버린 근육 두드릴 때
심장이 살아나고 기어코 신경이 돌아오면
한때는 연하고 통통했던 삶
결코 어디에도 휩쓸리지 않으리
네온사인 마주보며 눈짓으로 껌벅이는 세상에서
내내 감지 않은 채 굳어버린 눈
잠들지 않으리라고
내 결코 잠들지 않으리라고.

지우개

쓰리고 매운 것인 줄 몰랐어
한 발짝씩 다가가
조금씩 갉아먹듯
미운 맘 퍼내며
서로를 용서하는 일

내 진정 너를
너 진정·나를
조금씩 닳게 하는 줄
미처 몰랐어.

성냥개비 1

너에게로 가는 길
잠들 수 없는 횃불 하나 쳐들었지
부딪치고 부딪치고
때론 절벽 같은
너의 모습을 보면서
나를 확인했지

너에게로 가는 길
나를 사를 수 있었지
새까맣게 타든 가슴 싸쥐고
너는 더 긁히고 아파해야 한다고
원망은 재가 되고 있었지.

성냥개비 2

이마 짓쪓었어라
상처 나는 것
나 뿐만은 아닐 거라고
긁히고 깨지고
고스란히 태워버리자
어차피 사랑, 짚단 같은 것
샛바람에 태워 버리자

이마 짓쪓었어라
눈물도 말라 버석거렸던
그 불꽃 튀며
내달렸던 길.

성냥개비 3

너는 나를 한 몸처럼
안고 있었어
하지만 필연처럼
부딪치는 사고와 입장들

너는 나와의 거리를 재고
너는 너와의 거리를 재고
부딪쳐 오오 부딪쳐
서로를 사를 수도 있다는
불완전한 굴레

사랑이란 소유가 아니구나
하나의 불을 만들 때까지
섣불리
용서해도 안 되는구나.

압정

하나이고 싶은 바람이 너에게는
상처 주는 일이었을까
자석의 같은 극처럼 우리
단단한 모습으로 비꾸러질 때
오래된 합판처럼
씨줄날줄 나풀거리던 오해

사랑이란 물드는 거야
무논 써래질 말끔해 보여도
푸른 줄기 노랗게 여물어
벼포기도 없는 들녘
너와 내가 일궜던 발자국
고스란히 사랑은
가슴 속 짐 지우는 일이야.

여름, 청과시장에서

지독하여라. 푸른 것들이 썩는 냄새는
고기 썩는 냄새보다 지독하여라

이름으로만 팔리는 도시
깡총걸음 내걸린 질서 없는 좌판
짓무르고 있구나 허물어지고 있구나

이름들만 난무하여라
한 때는 숨이 막히게 푸르르던 것들
뿌리가 도려진 나풀거림이
당당해도 격노의 빛은 없구나 시드는구나

비슷한 것끼리 묶이어 닿는 살마다
제 자랑에 썩고 있구나
녹아 내리고 있구나
푸르다는 것만으로도 새살 돋게 하던
고운 시절 있었지
골 깊은 고랑마다 흙탕물 고여도
노여움에 더욱 푸르게 치를 떨며
당당한 시절도 있었지

지독하여라 수분도 말라
시들어도 내내 푸른 척
제 입김으로 이웃까지 곯아가는
주체할 수 없는 사랑
기만으로 내내 참혹하여라 오늘,
푸르다는 것들의 작태는.

숲에서

큰 나무에 아름드리
작은 나무들도 온전히 푸르구나
제 한 몸으론 설 수 없는 땅
숲이라서 든든한, 까르르 까르르
바람이 불고 비도 뿌리고 눈이 덮여도
숲은 숲을 이뤄 대단하구나

서로를 부딪고 서로를 어우르고
끼리끼리 간지럼을 태우고
속삭이며 간살거리고
숲은 숲을 위하여 존재하는구나

나무는 숲에서만 푸르고 튼튼하구나
무수한 풀잎 사이
곧은 척추로 세울 수 없는 바에야
서로에게 버팀목도 되어주고
휘감고 칭칭 날개도 되어주고
폭풍이 와도 눈비가 와도
끄떡 없는 숲은 위대하구나

이 숲 벗어나 저 숲으로 갈 수 없구나

한 몸으론 결코 버틸 수 없구나
작고 왜소하여 풀잎이라 밟혀도
하다 못해 썩은 등걸 하나
타고 오르지 못하는 수줍음
비탈진 곳 치잉칭
못난 것 아름다워 눈물겹구나.

나는 저녁마다 돈을 센다

물씬, 살 냄새가 느껴진다
파닥 파닥 파다닥
약 먹은 놈 발버둥치는 소리도 아니고
깃을 치는 날개짓 소리 더더욱 아니고
파닥 파닥 파다닥

꼴까닥, 숨 넘어가는 소리
으쌰디쌰 서로를 밀어내는 소리
부딪치고 부대끼고 깨지는 소리
엎치락뒤치락 선잠 부서지는 소리
샛바람 짚단째 넘어가는 소리
파닥 파닥 파다닥
새 것도 있고 헌 것도 있고
얼룩진 것 누렇게 뜬 것 찢긴 것 구겨진 것
귀 떨어진 놈도 있고
문신처럼 낙서투성이
꿰매고 덧댄 시큼한 냄새

저녁마다 돈을 센다
파닥 파닥 파다닥
파김치처럼 널브러져

나는 너를 세고
깃 치는 소리 물 차며 날아 오르는 소리
너는 나를 유혹한다 살집 좋은 둔부로.

신발 이야기

꼭 맞는 신발 하나 원했지 살다보면
헐떡이거나 꽉 끼는 치수
이제는 평탄할 거라 믿었던 길도
진구렁 둠벙 흠씬 젖어 봤기에
내 가는 길 언제라도
꼭 맞는 신발 하나 가져 보고 싶었지

꿈꾸었지, 맨발로 내딛기엔
내리막길 오르막길 젖은 황토길 자갈길
새틸처럼 가벼운 신발 하나 없을까
요리 재고 조리 재고 주춤주춤
또 주눅든 발 들이미는
기성화 그 당당한 위세 앞에서
또 얼마를 참고 기다려야 할까

어거지로 들이밀어 발가락 조여오거나
내딛을 때마다 아리는 뒷굽치
아픈 곳 물집 잡히고 터져 뚝살 박힐 때까지
참아내는 것
양보라고 용서라고 자위하며
이제 자리 잡았다 싶을 때

헐헐해지는 신발, 참 많이도
서로를 길들였구나

한참이나 절며 뒤뚱거리며 부대끼고 흔들린 자리
막 한숨 돌릴 쯤
헤지는구나 헤어지는구나
뒤축 무르고 꿰맨 자리마저 터져
나 어디쯤 왔을까 후미진 골목길
많이 재단되었어도 숨막힐 것 같은
빳빳한 새로움에 또 발 디미는.

풀잎 이야기

풀잎은 누워서 자지 않지
풀잎은 이름이 없지
자갈 듬성듬성 후미지고 외진 자투리
풀잎은 거기
제 못나 기어코 푸른 대로 살지

빌미가 없어 이유도 없어 곁에 누구
풀꽃 하나 피면
너울너울 어깨동무 너스레도 치고
누가 알까 속살거리는 작은 사랑들
바스락거리며 몸 부딪치며
때론 실한 나무처럼 서로를 가려주기도 하면서
지천으로 넓혀 가는 들녘 산천

아무도 이름 지어주지 않아
그저 풀잎이라 해도 까르르 까르르
누군가 밟고 간 자리
밟혀 서러운 풀잎들이 웃고
애써 북돋우는 풀잎들이 웃고

그래, 너는 나일 수도 나는 너일 수도

그래서 가끔 가벼운 상처를 주어도
큰물 지면
서툰 뿌리 옹이 쳐 매어
결코, 길 내주지 않았지.

자리

웃음 뒤에 행복 같은 것, 유리 같았네
바라본다는 것은
가슴 터지는 고통이라서
아프고 매운 가슴
두 손으로 한 움큼 받아냈었네

만끽하면 그만큼 외롭게 엄습하던
꼭지의 떨림
그래 그런 것이었네
피운 것들은 피운, 꼭 그 자리에서 물러야
누군가 떨림도 없이
당연한 듯 열매 맺던 것
그 또한 떨림
기약할 줄 몰랐지

삭정이에 벌들은 오지 않네
살이 물러야 딱지가 앉고
딱지가 떨어진 자리 옹이가 지는
피고 지는 것 세월뿐이었네
애써 지킨 자리
동그마니 의자 하나로 낡아가도

수북한 먼지 닦고 보면 또 새 것이 되는

흔적이 없네
들큰한 삶이 진저리나게 부산해서
물리지 않네.

이직

결코 비꾸러질 수 없다는 아귀 어느 날
이탈했다는 의미로 덮쳐올 때
늦은 밤 비척거리는 외등에겐
창백하게 감기는 달빛마저 무거웠어라
풀잎처럼 살아야 하리 모진 다짐
아침이 무의미한 갈증은
내몰리듯 버려지듯 밀려온 듯
서툰 땅
꼭 그 만큼의 거리 경계짓는 수평선 아득했어라

말뚝이 낡은 이유 알 것 같아라
새싹 같은 것 돋지 않아도
뒤쳐진 듯 옹고집으로 그 모습 그 자리
든든한 생채기로 빛나는
한 세상 고이 뼈대가 됨을 알겠어라

어설픈 곡예로는 현기증 외줄타기
누군가 그 자리 고삐를 매었다 풀고
또 옹이 쳐 매어 큰 물을 견딘
서툰 명분으로는 빼낼 수 없는
낡은 것이 아름다운 참 이유 알겠어라.

신호등 1

앞만 보며 살아왔구나
늦은 밤 사거리 빨간등
인적도 드물구나

지각이란 이리도 적막한 것
중년의 플라타너스
손빗으로 쓸어 넘길 때마다
이파리 떨구는데
실하다고 믿는 정신 하나로
수분 없는 가슴 채울 수 있을까

기다림도 해묵고
조급함도 발돋움도, 적당히 삶도 적막한 불혹
오래된 친구처럼
얼룩지지 않는 소줏잔만이
굴절되지 않고
달빛인양 가슴 시리구나

아직 졸고 있는 불빛들이 아름답구나
나, 지나치게 앞서온 것 아니라고
내내 다독이며 또 이쯤
뜻 깊은 좌절 하나 기다려지는.

신호등 2

빨간불 정지 신호가 아니었어
어디로든 질주해야만
나아가고 있다고 믿었어
여기 이 자리 먼지 수북한 일상이란
나태한 것이라고
병약한 권태라고
닥달해도 헤픈 마음
스스로 손톱 자국 상처를 냈지

서둘러 나선 길은 외로웠지
여기만 아니면 좀더 나을 거라는
내가 먹고사는 자리
언젠가는 지울 수 있을 거라는
능멸하며 견디었던
어쩌면 가장 소중했던 순간들

빨간불은 정지 신호가 아니었어
다른 이에게 양보하라는
잠시 잠깐 서서 한숨 돌리며
선 자리 둘러보라는
지금이라도 늦지 않았다는 듯
경고의 불빛이었어.

신호등 3

애써 아는 길을 택했어
이미 길들여진 길을 택했어
낯설지 않다는 것
외롭지 않다는 게지

아는 길은 참으로 쉬웠어
길들여진 길 눈 감고도 갈 수 있었어
공식이란 없다고
임기응변 순간을 모면하며
미장이처럼 매끈하게
더욱 매끈하게 덧바르고 있었어

늘 다른 것을 꿈꾸었지만
잃기 싫고 놓치기 싫고
어쩌다가 한 뭉치도 안될 횡재를 꿈꾸기도 하면서
한 발짝도 겨운 군더더기들

어쩌면 내 인생의 일부일 거라고
내 전부를 쏟아 부은 자리
결코 전부가 아니었다고
일부라도 전혀 다른 것으로 보상받고파

발돋움 애처롭게
낄낄 누군가를 원망하면서.

약도

그 자리에 서 있음으로 늘
책임져야 할 몫은 남겨진 자리매김
오늘,
누구의 혼곤한 정신이 되었을까
무게야, 살아 있음으로 오늘
소중한 하나를 빛내기 위해 허물어지는
그래, 또 사랑
이리도 낡은 굴레던가

늘 한 자리에 서 있음으로
누군가 함부로
책임 없이 끼워 넣을 징검다리
그 무엇을 위한
몇 번째의 디딤돌이 되었을까

앙가슴치네, 말뚝처럼 못나 이리 못나
세월 한참 지난 연후
뉘 찾아와
겨드랑이 때 같이 묻어날 세월의 책갈피
맹숭한 우물물 같은 것일까

어떤,
이정표로 삼을까
말까.

우거지

김장독 간기로 절여져
백태 낀 웃음을 알재
아무 일 없다는 듯 다독다독
고이 접은 슬픔을 알재

누군 줄기고 누군 뿌리, 이런 거 아녀
누군 알맹이고 누군 껍데기, 이런 거 아녀
들춰보면 한통속 부대끼고 사는 거
이리도 덮는 거 소가지 시큼한 살냄새
노랗게 삭아 여물고 익어가는 게지

더 참아내고 더 용서하고
한 몸에 또 한 몸을 포개
곰삭을 때까지
고스란히 단물 울궈지는 거
참으로 사랑은 내가 없어지는 것

옆에서 고이 지워지는 것.

과녁

한 개의 화살을 쏘아서 명중할 수만 있다면
아니 아니
두 개의 화살을 쏘아
그 한 개라도 명중할 수 있다면
아니 아니
열 개 백 개라도 좋으니
마지막 힘이 다할 때까지
한 개라도 명중할 수 있다면
아니 아니
명중이 꼭 아니라도
그 비슷한 근처라도 맞출 수 있다면

오늘 하루도 마지막 화살
떨리는 손끝에서 멀어질까
차마 놓지 못하는
이 두려움.

원규리

경기 오산 출생. 시집 『나무가 자꾸 나를 나무란다』
『은행을 털다』 펴냄. 편저로 『백조가 흐르던 시대』가 있음.

무스탕

야성의 짐승 털이 저토록 곱게 부드러워질 수 있다니
내 껍질 벗겨 얼마만큼 손질하면
저리 고운 빛이 날까?

터널

뻥
뚫린
긴
터널
거침없이 달리면
팽팽하게
긴장한 바람

덜컹
덜컥
소리가 빛을 내는
터널 안
쏜살같이 빠져나오면
뒤로 밀려 우는
아우성

쓰르라미

쓰르라미
한 마리
보도블록 위에 죽어
엎어져 있구나

일용할 양식 물고
종종종
뒷걸음치는
개미떼

또 한 마리
쓰르라미
울어대는
하오

웬일인지
한 잎 나뭇잎도
귀 세우지 않는구나

동굴

거꾸로
매달린
박쥐들
산다고

손때
안 탄
샘물
있다고

캄캄해도
저희들끼리
찍찍
소리치는

동굴 같은
세상
박쥐 같은
사람들

줄타기

외줄
타고
가는 청산
둥실
둥실
뜬구름
흘러
왼발
들고
오른발
내려
주춤
주춤
밟으며
외줄
타듯
사는 세상
건둥
건둥
가는
세월

뿌리

어둠
더
깊은
어둠
더듬어
찾는

별
달
태양
구름
하늘
그 보다
더
깊고
단단히
박히는

빛
바람
꽃

가슴에
담고
꿈꾸듯
더 멀리
뿌리
내리는

개미

담 밑
키 낮은
채송화
봉숭아도
비에 젖어
떨고 있네

무심히
정말
생각 없이
들어낸
막돌

깜짝 놀란
개미떼
빵 부스러기
물고
허둥거리네

미안하고
황당해 얼른

덮어버린
넓적한
막돌
막돌
밑에 깔린
개미떼
그 때
무사했을까?

불온한 시

내가 아닌
나
누군지 모를
이름
거처
휘갈겨
기억도
없는
불온한
시대의
은유법

느낌

살아가는 것은 사랑하는 것이다

길 아닌 길에서
길을 잃어
다시 펴는 경전

보이는 것은 빛의 그림자
느낌은 생각의 빛

닫힌 마음
헛된 증거
여닫는 틈
사람과 사람
사물과 사물
어디에고
빛으로 오시는
오랜 옛 주인

내 느낌
그 모든 잠언 혹은 사랑의 형상
빛의 그림자

생각의 빛
마음속
사랑의 아버지

밥짓기

쌀통에 쌀이 그득하면 좋겠네
밥통에도 그러하면 더욱 좋으리

쌀 씻네
때 벗기네
쌀도 아닌 것들이 먼저
난 체하며 떠오르네
바위도 산도 못 되면서
꽁하니 무게 잡는 잔돌

흘릴 것은 죄다 흘려 보내고
가릴 것은 여지없이 조리질하여
밥통에 넣네
찬물 붓고 다독이네, 귀여운 쌀

뚜껑 닫으면
눈앞이 캄캄하네
절절 속 끓네
가슴 뜨겁게 달아오르네

눈물 흘리네, 밥통이

김빠지네, 뒤숭숭한 생각들
진득이 한 시절 뜸들이면
윤기 흐르는 맛깔스런 밥

금빛 그림자

존재하는 사물의 바닥에는
크건 작건 보이거나 않거나
스스로 제 몸 낮추고 사는
그림자는 있게 마련이지
그·림·자, 하면 왠지 서글퍼!

희망과 절망은 늘 함께 살지
형체가 있건 없건
끈덕지게 따라붙는
그림자처럼 살아온
인·생, 하니 왠지 질겨 보이잖아!

부드럽게

빈 호주머니에 손을 찌르고 비정한 도시의 거리를
밀리며 밀치면서 걸어간다
빌딩 유리벽에 터질 듯이 부풀어오른 가을 하늘
사람이 버린 사람들과 사람을 버린 사람들이
칼날처럼 날이 선 표정으로 오가고 있다
부드럽게, 부드럽게 주먹을 옹그려본다
한 움큼 가득 쥐어지는 '글→그림→그리움'*
어깨를 툭 치면서 악수라도 청할 그 사람은 지금
어느 거리를 헤매고 있는가?

* '글→그림→그리움'은 김대규 시인의 '산, 그리움-흙의 思想'에서
'그리움→그림→글'을 역으로 재배치한 것임.

섬

뜨겁게
뜨겁게
침몰하던
햇덩이
힘주어
끌어안고
그렁
그렁
주무시는
아버지

꼬리뼈

나는 꼬리가 있다, 라고 쓴 다음
감자 껍질처럼 아린 꼬리뼈의 흔적, 이라고 덧붙이고
괄호를 닫는 순간
꼬리뼈 밑동으로 맑게
흘러내리는 핏줄기 느꼈네

물론 사람도 짐승이라는 데 두말할 나위 없지만
짐승, 에 힘을 주니
갑자기 컹컹 짖고 싶어지네
애초에 꼬리가 있었다는 생각
그것이 문제가 될 줄이야

한때는 지구가 둥글다는 것에 대해서나
사람이 거꾸로 설 수 있다는 것을
누구도 믿지 않았지
꼬리를 감추고 살아도
별탈 없고
나야 바르게 사는데
별별 일이라며 핀잔먹기 십상이지

그러나 꼬리는

분명 있어야 돼
가령 꼬리가 있다면
더 높은 곳으로 날아갈 수 있고
더 깊은 곳을 향하여
입다물고 헤엄쳐 갈 수도 있잖아

이제는 퇴화된 나의 꼬리뼈
그 밑동으로
자꾸 비집고 나오려는 아픈 상처
딸기처럼 검붉게 익어
비틀거릴 때마다 핏물 적시네

희소식

말못할 사정 있다고요?
내친김에 속시원하게 털어놓고 이야기해봐요
사람마다 속내평 똑같다면 무슨 탈나겠어요
가슴부터 먼저 울어야 눈물도 나오더라구요
별의별 찡한 기법 황홀하지요
마음 비우고 걱정도 벗으세요
숨겨진 제 것 제대로 세우자는 것이지요
제 아무리 올곧고 튼실하다 우쭐대도
부실한 뼈대로 참 세상 어찌 뚫겠어요
화려한 그림씨, 달콤한 꾸밈씨, 토씨, 움직씨
그저 눈요깃거리라고 생각하면 큰 오산이지요
오래도록 우려낸 참삶의 진국
참 맛은 바로 그거 아니겠어요
외곬으로 함께 할 금수강산
은유와 상징만으로도
당신의 밤은 찬란히 빛날 거예요

서대산

산이 산으로
온전하게 남을 수 있던 것은
거대한 밑동의 힘 아니겠느냐?
잠든 그 틈에도
슬그머니 고개 쳐들고
음흉한 웃음 뒤로
숨어 피는
그들의 꿈

잠시만이라도
모른 체 등 돌리면
비죽비죽 고개 내밀며
하얗게 벙글며
꽃도 잎도 아닌
말도 안 될 말들이
밑동을 휘감아
밀어 올리는
뜬 소문

꿀벌

꽃집 할아범 아주 세상 뜨던 날
맏상제보다 목메게
지이징 징징
꿀벌들은 울더란다

양지바른 뒤란
나리꽃 듬성듬성 서 있는 꿀집
무시로 드나들던 구멍을 기어 나와
꿀물 쏟으며 울더란다

할아범 꽃상여에 누워
산으로 아주 들던 날
이마에 흰 테 두른 꿀벌들이
한 발 앞서 가더란다
길도 아닌 산길을 오르며
떴다 졌다
길을 내며 날더란다

멸치

한 때는 떼지어 바다 속을 누비던
때도 있었거니
초침처럼 조마조마하던
그런 날은 더욱 많았거니
눈망울 아직도
바다에서 바다를 누비던
부릅뜬 모습이거니
찌든 소금기
그 간간함으로
마음 헹구고 있거니
절절 끓는
냄비 속 같은 황당한 오늘에
살아나거나
죽어있거나
바다로 향하는 그리움은
남아있거니
남아도나니
누구더냐, 독한 놈이라고
외면하던 그 치는

바람 먹고 사는 일이

큰소리치더니
그토록 속이 다 타 있었구나

이제 막 연습비행 끝내고
활주로에 안착하는
팬텀기 편대
소리보다 빨리 허공을 날더니
황사바람만 날리는구나

안간힘 쓰는 저녁 해
새를 쫓던 허수아비
참새 떼들보다 먼저
논바닥으로 납작 엎드려 있구나

휑한 뒤꽁무니 검게 탄
팬텀기
바람 먹고
뱉는 일이
저토록 똥줄 탈 줄이야

삶의 시선 006

늦은 오후에 부는 바람

초판인쇄 | 2002년 12월 20일
초판발행 | 2002년 12월 20일

지은이 | 〈젊은시〉 동인
펴낸이 | 이인휘
펴낸곳 | 도서출판 삶이 보이는 창
등록번호 | 제18-48호
등록일자 | 1997년 12월 26일
배본 | 한국출판협동조합 02)716-5619

(152-850) 서울 구로구 구로6동 314-1 극동상가 412호
전화 | 02)868-3097   팩스 | 02)868-4578
홈페이지 | www.samchang.or.kr
E-mail | samchang@samchang.or.kr

값 5,000원

ISBN 89-952205-8-9